문학과지성 시인선 366

# 나무 안에서

## 김형영 시집

문학과지성사

**문학과지성사에서 펴낸 김형영의 시집**

모기들은 혼자서도 소리를 친다(1979)

다른 하늘이 열릴 때(1987)

기다림이 끝나는 날에도(1992)

새벽달처럼(1997)

낮은 수평선(2004)

내가 당신을 얼마나 꿈꾸었으면(2005, 시선집)

문학과지성 시인선 366

나무 안에서

펴 낸 날   2009년 10월 19일

지 은 이   김형영
펴 낸 이   홍정선 김수영
펴 낸 곳   ㈜문학과지성사

등록번호   제10-918호(1993. 12. 16)
주     소   121-840 서울 마포구 서교동 395-2
전     화   02)338-7224
팩     스   02)323-4180(편집)   02)338-7221(영업)
전자우편   moonji@moonji.com
홈페이지   www.moonji.com

ⓒ 김형영, 2009. Printed in Seoul, Korea

ISBN 978-89-320-1977-2

문학과지성 시인선 366

# 나무 안에서

김형영

2009

**시인의 말**

2004년 10월부터 지금까지 쓴 시 50여 편을 모아
여덟번째 시집 『나무 안에서』를 펴내기로 했다.
산밑에 살면서 자연에서 얻은 시가 많다.
몸과 마음에 한결 여유가 생기고
내 시들도 나를 닮아가는 것 같다.


2009년 초가을
김형영

# 나무 안에서

차례

## 제4부

제1부

# 마음이 흔들릴 때

천년을 산 나무에
님은 머무시고
거기 맺힌 열매에도
그 열매의 씨앗에도
그 씨앗이 썩어 움트는 새싹에도
님은 머무시니
나무는 신이 나서 흔들리는 거라.
바람 한 점 없이도 흔들리는 거라.

때로 내가 마음이 약해져서
온갖 유혹에 흔들릴 때는
하늘에서 들려오는 소리,
그래, 그래, 흔들리거라.
네가 내 안에 머물고
내가 네 안에 머무니
많이는 흔들리지 말고
뿌리 깊은 나무처럼만 흔들리거라.
그것도 잠시만 흔들리거라.

# 산책

아침마다 숲길을 거닙니다.
움 트고 새 날아
말 한마디 건네지 않아도
숨구멍은 저절로 열리고
바람은 잎을 흔들어 반깁니다.

발걸음이 빨라지면
나뭇가지도 고개를 끄덕입니다.
속상한 날이건 즐거운 날이건
그런 건 다 내뿜어버리고
제 생명의 입김이나 실컷 마시라 합니다.

숲 속 한 시간으로
하루 스물세 시간이 편안합니다.
어제 마신 술은 냉수가 되고
피운 담배도 안개처럼 걷힙니다.

오늘도 숲길을 거닙니다.

비가 오면 비와 더불어
눈이 내리면 눈과 더불어
바람이 불면 바람과 더불어
나는 날마다 오늘 아침입니다.

# 꽃을 찾아서

물론, 당신도 장미입니다.
—R. 프로스트

꽃은 꽃이지요.
나비도 꽃입니다.
저녁나절 심심하여 언덕을 오르면
밤하늘에 마침표를 찍는
(무슨 일에 마침표를 찍는지 몰라도)
별들도 꽃입니다.

산들바람은
하늘과 땅 사이를 분주히 오가며
보이지 않는 길을 온종일 닦아도
땀 한 방울 흘리지 않고,
내가 꽃에 반해 헤맬 때는
땀을 향기로 바꿔놓지요.

이런 날은 산들바람도 꽃입니다.
꽃을 찾아다니는 동안은
(그 꽃 언제 보기나 했던가)

나도 꽃이 됩니다.

꽃눈 본 벌같이 나를 잊고
일생 내가 꽃을 찾아다닌 걸
누가 알까요.

꽃은 언제나 꽃이고
나비도 벌도 산들바람도,
어느 때는 나도 꽃이 되지만
내가 찾는 꽃은
세상을 꽃이 되게 하려고
꽃에서, 꽃에게, 꽃으로
생명을 전하는 당신이에요.

# 봄바람


바람,
그 바람
그 깊이
그 넓이
한이 없구나.

세상 만물이
네 속에서 태어나고
네 속에서 넘치고,
떠도는 새
다급한 짐승
그 할딱거리는 바람에
나무는 새 잎눈을 뜨고
꽃들은 다투어 벙글어지니

안 보이는 것의 힘이여
없는 것의 깊이여

봄엔 또 이 바람
내 바람기 넘겨짚고서
바람 한번 나보자고
살랑살랑 흔들어도
꼬리가 잡히지 않는
너!
세상 가득 속이 없구나.

# 나무들

눈 내리는 새해 새 아침
나무들이 보고 싶어 산길 오르는데
작은 키 노린재나무 산초나무
싸리나무는 눈을 털며 반긴다.
복자기 개옻나무 졸참나무는 덩달아
잎도 없는 가지를 흔들고.
누가 베었는지 쓰러진 나무 곁에서
제 집 찾아 맴돌던 새
집도 노래도 버리고 떠나자
소나무 사시나무
잣나무는 솟아올라서
뭐가 그리 서운한지
괜스레 허공을 한번 흔들어본다.

바위틈에 비집고 서 있는 나무
가시밭에 웅크린 나무
기름진 땅에 우뚝 솟은 나무
길가에 버티고 선 나무는

제 뜻대로 자란 건 아니지만
땅속에 뿌리박고 속삭일 때면
그 속삭이는 소리에 취해
나무들을 하나씩 껴안아본다.
쓰다듬고 다독여준다.
올해도 안녕하자고,
너도, 너도, 너도, 모두 다 건강하자고.

## 생명의 노래


무심코 꽃잎을 들여다보다가
나는 깜짝 놀랐습니다.
꽃잎이 오물오물 속삭이는 거예요.
뭐라고 속삭였냐구?

당신도 한 번은 들었을 텐데요.
언젠가 처음 엄마가 되어
아기와 눈을 맞췄을 때
옹알거리는 아기의 생각,
본 적 있지요?
그 기쁨은 너무 유쾌해서
말문을 열 수가 없었지요?

어떤 시인이
그 순간을 표현할 수 있을까요.
그날 꽃잎의 속삭임은
안 보이는 것을 본 놀라움이었지요.

너도 없고 나도 없는
두 영혼의 꽃 속에서의 만남,
그건 생명의 노래였습니다.

# 늘푸른 소나무
― 김원일 형에게


씨앗 하나가 바위에 떨어져
뿌리를 내리고 싹을 틔울 때까지
얼마나 힘들었을까.

제 어미 젖가슴인 양
마른 젖 빨 듯 붙들어 안고
바위를 가르고 자랄 때까지
몇백 년이 걸렸을까.

모진 풍상에도
한번 떨어진 그 자리
즐거이 견뎌내더니
늘 푸르고 의젓하구나.

하늘과 땅의 상속자는
아무리 둘러보아도 보이는 것은 너뿐
너밖에 아무도 없구나.


20

# 우리는 떠돌아도
— 나무를 위한 송가

너 없이 무슨 바람이 시원하며
너 없이 무슨 공기가 맑겠느냐.

너 없이 태어난 것이 무엇이고
너 없이 자란 것이 무엇이냐.

네가 서서 잠잠히 자라기에
우리는 떠돌아도 편안하구나.

# 나무 안에서

산에 오르다
오르다 숨이 차거든
나무에 기대어 쉬었다 가자.
하늘에 매단 구름
바람 불어 흔들리거든
나무에 안겨 쉬었다 가자.

벚나무를 안으면
마음속은 어느새 벚꽃동산,
참나무를 안으면
몸속엔 주렁주렁 도토리가 열리고,
소나무를 안으면
관솔들이 우우우 일어나
제 몸 태워 캄캄한 길 밝히니

정녕 나무는 내가 안은 게 아니라
나무가 나를 제 몸같이 안아주나니,
산에 오르다 숨이 차거든

나무에 기대어

나무와 함께

나무 안에서

나무와 하나 되어 쉬었다 가자.

제2부

# 이슬

하늘은 밤새 이슬을 만들어
세상에 내리셨네.
작은 풀잎에는 작은 이슬방울
큰 풀잎에는 큰 이슬방울

밤하늘 고스란히 눈에 담고
먼동을 기다리고 있는,
어제도 그랬고 오늘도 여전히
한 눈 뜨고 꿈꾸는* 이슬방울.

* 한 눈 뜨고 꿈꾸는 사람―산타야나.

# 시골 사람들은


시골 사람들은
고개를 들어 자주 하늘을 봅니다.
일을 하다가도
길을 가다가도
술을 마시다가도

비를 품은 구름이 어떤 구름인지
아지랑이는 왜 춤을 추는지
바람은 어디서 불어와서
또 어디로 가는지
시골 사람들은 압니다.

어느새 어둠이 골목을 빠져나가
하늘에다 포장을 치면
별들은 신이 나서 깜박입니다.
그 깜박이는 것을 보고
'내일은 날이 좋겠다'
'모래는 서풍이 불겠다'

점도 칩니다.

하늘과 별과
풀과 나무와 새,
물고기와 시냇물은
한몸의 지체같이 서로 사랑하기에
만물이 숨 쉬는 것을
시골 사람들은 다 압니다.

개나 소도 그걸 압니다.

# 초승달

어둠과 함께
어느 결에 떠오른
하늘의 밤배,
무주공산에서
바라본다,
정월 초사흘
구름에
바람에
우주가
하얀 미소에 실려
떠간다,
이런 밤은
꿈꾸기에 안성맞춤

서쪽에서 서쪽으로
바람은 아직 찬데
세상은 맑고 멀다.

웃음 머금은 입술,
떨리는 정월 초사흘
빛으로 어둠 열더니
어둠으로 닫히는 빛,
어둠을 거슬러
어느 결에 사라진
하늘의 보석.

# 나비

나비가 난다.
찢긴 하늘의 속치마인 양
봄이 일어서는 골짜기마다
아늘아늘 춤추는 나비,

아름다운 것만 보면 빨라지는
내 심장의 박동처럼
스치는 바람결에도
날갯짓 빨라져 떠났다가는
어느새 돌아와 파닥이는 나비,

그 가벼움,
세상 가득 깨어난 생명의 율동,
배추밭에 앉으면 배추꽃이 되고
가시밭에 앉으면 가시도 꽃이 되는
만물의 꽃잎,

나비의 즐거움은

팔랑거리는 날개로
제가 향기이면서 향기 찾아다니는
세상 나들이,

꿈에 지쳐 숨 고르는 사이
꿈에 부푼 내 몸
한 마리 나비 되어
나를 마주 보고 있나니,

파닥거리며 꾸는
내 꿈
찾아라, 내 꿈
날아라, 내 꿈

# 누가 뿌렸나

누가 뿌렸나
여기 후미진 길모퉁이에
꽃 한 송이,
저 혼자 방긋만 해도
무슨 말을 하는지
벌 나비 알아듣고
꽃 소문 퍼뜨리느라 종일 바쁘네.

꽃은 세상에 제일가는 알부자,
바람도 제 것
향기도 제 것
벌도 제 것
저를 바라보는 나도 제 것

저는 물론 제 것이지만
지나가던 사람 한 번 더 돌아보게 하고
무정한 사람 그 눈길도 붙잡으니
꽃아, 어디 한번 물어보자.

여기 이 후미진 길모퉁이에
너를 뿌린 이 누구이신가.

# 여름 소나기

산골짜기마다 물이 말라서
찔레꽃도 목이 타 하얗게 필 때
그걸 바라보던 뻐꾸기
목이 쉬어라 울어대고,

앞산에서 우는지 뒷산에서 우는지
그 조그만 목구멍으로 연달아 울면
마른하늘마저 비가 되어 내리는
푸른 솔방울만 한 여름 소나기,

창자 속까지 적시던 그 여름 소나기
오늘도 한바탕 쏟아지거라.
뒷골목에도 구중궁궐에도
천둥 번개 치며 쏟아지거라.

# 여치

여치여,
내가 죽거든
내 무덤 쑥대밭에 와서 울어주렴.

뙤약볕에 풀잎들 지쳐 눕거든
너도 함께 누워 한잠 졸다가
어느덧 어둠이 찾아오면
여치여,
네 그 황금 배 움켜쥐고
한바탕 울어주렴.
실낱같은 촉각 흔들어
하늘 향해 찬송하듯 울어주렴.

울어주렴 울어주렴
엊그제 태어나 아직 눈 비비고 있는
여치여.

# 양파

벗겨도
벗겨도 껍질뿐인
벗겨도
벗겨도 속살뿐인
네 진실은 어디 있지.

어느 가슴 뚫고 나왔느냐
동그란 네 알몸
만지고 벗기고 핥아보아도
알큰한 매운맛
재채기만 나오고,

겉도 속도 너는 없고
너 아닌 너도 없는,
작아져도 여전히 똑같은
미끄러운 감칠맛
재채기만 나오고,

연이어 터지는 재채기
네 알몸에
네 진실에
재채기 재채기
재채기만 나오고,

헛것을 따라다니다
헛것에 싸인 나,*
아직 남은 재채기로 벗기면
여전히 시원한
재채기만 나오고……


* 열왕기 하권 17장 15절 참조.

# 이런 봄날

날씨 화창하여 몸 늘어지니
갈 길도 늘어져
나는 나를 걷어치우고
무엇에 홀린 듯 꿈길을 간다.

허공을 열고 나와
하늘의 춤을 추던 나비
내 어깨 위에서 나인 듯 따라 졸고,

산들바람 남실바람은 나비와 어우러져
불다 날다 불다 날다
제 세상 만난 듯 논다.

몸 두고 떠나는 여행
이런 봄날 아니면 언제 맛보리.
길이 아니면 어떠랴.
길이 없으면 또 어떠랴.

## 나팔꽃

저 나팔꽃 한 번 보려고
60년을 기다렸구나.

이슬 눈 초롱초롱한
새벽 4시 15분

## 水面 1

억만 개의 햇살 쏟아져 내리는
낚시터의 봄 아침
어디서 왔는지
햇살을 흔드는 여우바람,
수면 가득 물보석 판을 벌인다.

물보석이 탐이 났는지
떼 지어 지나가던 잉어들,
그만 눈이 먼
잉어들,
잉어들,
잉어들,

그걸 목에 걸고 싶어
여기저기서 튀어 오른다,
제 몸이 온통 금덩이인
황금 잉어들.

# 水面 2


너와 나 수면을 이루기 위해
일생을 흘러왔구나.

살아서, 아아
어느 하루 편한 날 있었던가.

# 변산바람꽃

변산 골짜기마다 변산바람꽃 피면
바람난 봄바람은 꽃 속에서 불고
꽃들이 살랑살랑 치맛자락 흔들면
아지랑이는 좋아라 따라 춤추고
변산난초도 꽃대 세워 벙그러지네.


\* 시집 『낮은 수평선』에 실린 같은 제목의 시를 노랫말로 고침.

제3부

# 나

수술 전날 밤 꿈에
나는 내 무덤에 가서
거기 나붙은 내 명패와 사진을 보고
한생을 한꺼번에 울고 또
울었다.

얼마나 울었는지
흘린 눈물을 담아보니
내 육신 자루에 가득했다.
살아서는 한 방울도 맺히지 않던
그 눈물.

그랬구나
그랬구나
이것이 나였구나.
좀더 일찍
죽기 전에 죽었으면 좋았을걸.

## 절벽 앞에서

여기 왜 서 있나.
세상을 돌아
그 많은 시간 다 지나서
여기 왜 홀로 서 있나.
더는 한 발짝도 뗄 수 없는
여기에.

떠돌며 머물며 토했던 말들
봄날 들판의 풀처럼 우우우 일어나서
이 순간을 면하게 해달라고
시위라도 한번 해볼까.

비켜갈 수 없는 막다른 절벽
돌아선들 갈 곳이 있겠느냐.
엎드려 빌어본들 구원이 있겠느냐.
여기가 바라던 바로 그곳인데.

일생을 통하여 이룬 이 순간

붙잡을 것 하나 없는 허공에
그냥 이대로 떨어지자.
떨어져 거듭날 꽃송이같이.

# 미륵사지석탑*

이제나 오시려나
저제나 오시려나
날마다 천년을 기다리고 있는
미륵 석탑이여

이제는 중도 절도 없이
저 홀로 살포시 탑 날개 들어올린 채
미륵 하생을 기다리고 있구나
기다리고 기다리고 기다리다
기다림의 화신이 된
이 나라 석탑의 어머니여

하늘도 시샘하는가
땅도 시샘하는가
네가 품은 꿈을 알아내려고
지축을 흔들어 무너뜨려도
남은 반쪽으로 버티고 서서
이루지 못한 왕도의 꿈을 꾸고 있구나

이제나 오시려나
저제나 오시려나
날마다 천년을 기다리고 있는
미륵 석탑이여


* 전북 익산에 있는 국보 제11호.

# 석상에 바치는 송가

깎이는 아픔 없이
어떻게 네가 거듭나겠느냐.
피 없이 태어난 생명이기에
사람들은 너를 사랑하느니.

꿈을 새기고
시간을 새기고
기쁨보다 때로 더 깊은
절망까지도 새겨넣었기에,

내가 그러했듯이
너 또한 자신을 드러내려고
몸속에 피 흐르는
생명을 꿈꾸는구나.

세상 어둠에 멀어버린 눈
두려움에 떨리는 두 손으로
오늘 나는 보았느니

거울에 비친 나를 보듯 꿈꾸는 너를.

# 가을 단상

1

매미 울음 그치자
풀벌레들 목청 가다듬네.


2

하느님 내려오시려고
하늘 높이 푸른 실크 펴셨네.


3

나무들 겨울 준비에
가진 것 다 버리고 있네.

4

깊어지는 가을
미화원들 오늘 밤 잠 못 자겠네.

# 허풍

허파에 바람 들었다는 말은 들었어도
허파에 바람 빠졌다는 말 처음 듣던 날
기가 막혀 말문을 닫았지.
웃는 일에 서툴고
웃을 일 아끼다가 걸린 병인가.
구멍 난 풍선 같은 공기가슴증에
웃음은커녕 숨도 고루 쉬지 못하고
가쁜 숨 몰아쉬며 살아야 하나.

세상에 쌓은 것 하나 없으니
받아도 싼 벌 아니냐 마음을 다져도
저승길은 웃으며 떠나고 싶어
틈만 나면 숲 속에 숨어 들어가
바람을 부른다.

샛바람 갈바람 마파람 된바람
사시장철 부는 온갖 바람아
내 허파꽈리 물고 불어다오.

나무들아, 너도
풀들아, 너도
새들 날아오르거든 공기야, 너도
허파에 바람이 들 때까지
잔뜩 바람이 들어
실없는 웃음 터질 때까지.

# 당신이나 나는

당신이나 나는 웃는 걸 좀 배워야 해요.
일생 박장대소할 일은 없었어도
눈물 때문에 웃음이 났던
철없던 때도 있긴 있었지요.
의미 없는 웃음이긴 했어도
그런 때가 있긴 있었지요.

살아남으려고 웃는 법도 잊었지만
즐거웠던 일 하나쯤은 찾아내어서
가슴벽에 걸어놓고 웃어봅시다.
헛웃음 칠 일은 없을 테니
미소 짓는 연습이나 해둡시다.
당신에게 잘 어울릴 거예요.

무한공간을 두고
당신이 짓는 미소 들으려고
초승달은 어느새 제 모습 바꿔
하늘의 귀가 될지 누가 알아요.

우리가 남길 일은 웃음과 즐거움뿐,
하늘도 모르시게 웃어봅시다.

# 양귀비꽃

봉사도 보고 싶어 눈 비비는
양귀비꽃,
그 진한 유혹에 할딱이던 짐승들
다 어디로 갔나.
내 앞을 어지럽히던
욕망의 먹구름,
하늘의 문 닫아 걸고
소나기 되어 쏟아져라.
내 콧구멍
내 창자
내 머릿속까지 떠돌던 유혹,
한평생 씻어내어도
저승까지 따라오는 그 유혹,
내가 지쳐 넘어지니
너도 따라 넘어지는구나.
죽어서도 비벼대며 넘어지는구나.

# 즉흥시
## ─O시인을 찬미함

당신이 쓰는 시는
아침마다 새로 피는 꽃,
그 꽃에 취해
말문 닫아걸고
나는 밤새도록
당신이 꾸는 꿈에 마음 부풀어
어느새 텅 빈 부자,
알몸으로 눈 뜨는
알토란 같은 알부자!

# 내 그림자에게

내 가야 할 길 뉘에게 물어 알리.
사방을 둘러보아도
나 말고 물어볼 이 아무도 없네.
(물어본들 또 무엇하리)
말 없이 따라오는 내 그림자
오늘도 서성이며 두리번거리는 내게
재촉하듯 묻네.
스스로 물어보라
물어보라
물어보라.

# 채석강에서
— 장경렬 형에게


땅의 끝
바다의 시작이
어디 거기뿐이랴.
여기도
바다의 끝
땅의 시작이어니.

오늘
살아서 찾아왔습니다.
나 혼자 찾아왔습니다.

# 수평선 4

따라갈수록
따라갈수록
너와 나 사이
깊어지는 아득함이여

아무리 파도쳐도
좁힐 수 없는 거리라면
그냥 이대로
하늘의 말씀이나 들어보자

제 십자가를 지고
떠나지 못하는
억만 세기도 전에
복받치던 그리움이여

# 수평선 5

마당에 쳐놓은 빨랫줄은
아무리 팽팽히 당겨놓아도
빨래 한 번 널고 나면 느슨해져서
당기고 당기고
또 잡아당기지만

난바다에 쳐놓은 수평선은
누가 쳐놓았는지
비가 오고 바람이 불고
캄캄한 밤을 널어놓아도
늘어지는 일 없고

때로는 그 팽팽한 긴장감에
누군가 바다 양 끝에서
수평선을 잡고 있는 거라고
알은체하고 싶어진다.
알지 못하기에 우기고 싶어진다.

# 결국은

멀리서 한 파도가 밀려오고
연이어 다른 파도가
하얀 거품 물고 밀려온다,
육지를 바다로 덮으려는 듯이

어느 때는 춤을 추듯
어느 때는 성난 듯 밀려오지만
결국은 모래 위에 스러지거나
절벽 바위에 부딪쳐
바다 밑으로 무너지는 것을.

한 시대가 가고
새로운 시대가 올 때마다
한바탕 세상이 뒤바뀔 것 같아도
품었던 거품 빠지고 나면
세상은 다시 평온해지는 것을.

되풀이되는 이런 일들이

의미 없는 일은 아니리라.

억만 겁이 그랬던 것처럼

결국은 그렇게 오늘을 이루는 거다.

# 연못

천둥 번개와 함께
한바탕 쏟아지는 소나기에
숨어 있던 흙탕물이
골짜기를 따라 연못으로
연못으로 기어들어온다, 늙은 뱀처럼
꼬리를 휘저으며.

순식간에 연못은 시궁창이 되고
이제는 아무것도 비추지 못한다.
하늘도 구름도
자신도 비추지 못하는 연못은
기약 없는 생각에 잠기고,
잠시 후 들려오는
한 목소리
기다려라, 기다려라, 기다려라,
흙탕물이 고개를 숙일 때까지
썩어서 거름이 될 때까지.

연못은 다시 환해지리라.
석 달 열흘을
피었다가 지고 피었다가 질
수만 송이 연꽃으로.

# 낙엽

비, 바람에
햇볕에, 새들의 지저귐에
어둠과 별과 숨이 막히는 공기에
때로는 사람에게 그렇게나 시달리더니
마침내 떨어져 뒹구는 낙엽
낙엽이여,
너의 쌓인 역사를 쓸면서
이 밤 먼 길 떠날
나는 나를 쓰는 것이다.

제4부

# 無名氏

별이 하나 떨어졌다.
눈에 없던 별이다.

캄캄한 하늘에 비질을 하듯
한 여운이 잠시
하늘에 머물다 사라진다.
흔적 하나 남기지 않고
보다 작게
보다 낮게
한 푼 남김없이 살다간 사람,

그를 기억하소서.
그의 여운이 아직 사라지기 전에
한때 우리들의 이웃이었던 그를.

# 날마다 생일 날

오늘은 생일 날
아기 하느님 태어나신 날

해도 달도
샛별도 끝별도 반짝이거라
강도 바다도
거기 사는 물고기는 춤을 추어라
숲 속의 나무들
하늘 나는 새들아 노래하여라

오늘은 생일 날
하느님이 마련하신 날

부유하고 배부른 이
칭찬 받으며 웃는 이에게는 아니 보여주시고
마음 바른 가난한 이
의로움에 핍박받는 이에게는
알살 그대로 드러내 보이시니

놀랍기도 하시어라.

오늘 밤은 나도
맨발로 구유에 찾아가서
주님께 드리리라,
그 이름의 영광을

오늘은 생일 날
아기 하느님 태어나신 날
우리도 함께 태어나는 날

# 사랑의 숨결
— 요셉의원 선우경식 원장을 생각하며

여기 막다른 골목에
사랑의 씨 뿌린 당신.
햇볕도 반 뼘밖에 비추지 않는
비좁은 골목길,
너나없이 못 본 체 지나쳐버려
구겨진 그림자만이 길게 드러눕는 곳.

여기 메마른 땅에
뜨거운 눈물 뿌린 당신.
아픈 것만 보면 견디지 못하는 가슴
그 가슴들,
하나 둘 그렇게 모여
이십 년.

죄가 있고 없고를 따지지 않고
잘나고 못나고를 가리지 않고
행려병자든 이국인이든
주정뱅이, 거지,

병들어 쓰러진 모든 이의 모든 생명 위에
희망의 싹을 틔운 당신.

꽃밭의 꽃들이 무엇 하나 바라지 않고
제 향기 퍼뜨리듯
지금 바로 여기에
당신이 퍼뜨린 사랑의 숨결,
그 따뜻한 숨결로
이 세상은 아직 살 만합니다.

# 너와 나 사이
― 耳笑*를 그리며


눈이 내린다.
내리는 눈은 길을 지우고
기억의 멀리까지 지우며 내린다.
네가 떠난 길
여기도 저기도 다 흠 없는 길인데
너를 찾아가는 길은 어디에도 없고
오늘은 찾을 것 같지 않다.

우리를 만나게 하는 길이
때로는 거칠고 안타까웠지만
내가 찾아가면 너는 언제나 거기 있었는데
너는 없다, 과천에도 인사동에도
추어탕 한 그릇, 소주 한잔이면
우리 두 가슴 데워주던 남원집에도
임마누엘 방에는 네 그림자마저 없다.

귀가 나빠 잘 듣지는 못했어도
내 마음속까지 알아듣던 耳笑,

너를 찾아가는 길 아득하지만
눈에 묻힌 오늘 밤
너와 나 사이
이승과 저승을
우리의 자로 재지는 말자.


* 고 임영조 시인의 아호.

# 바보웃음의 향기 하늘에도 퍼져라
— 김수환 추기경님 영전에

지금 세상은 봄 공기가 일어서려 하고
금방이라도 꽃망울이 터질 듯한데
아직 봄을 가로막는 추위가 남아 버티고 있지만
당신 웃음의 향기는 변함없이
저희 마음에 퍼지고 있는데……
세상을 뜨시다니요.

숱한 고난과 역경,
시기와 비난에도 흔들리지 않고
"너희와 모든 이를 위하여"
자신을 촛불처럼 태우시던
당신의 의로우심
드높은 하늘인들 비할 수 있으리이까.

소외된 이와 가난한 이들,
행려병자와 장애인들을
한마음 한몸으로
함께 고생하고 함께 즐거워하시던

당신의 자비하심
따뜻한 햇볕인들 비할 수 있으리이까.


당신 자화상을 보시면서
바보 같다고
그렇지 않느냐고
저희를 일깨우며 웃으시던
당신의 슬기로움
만 권 서적인들 비할 수 있으리이까.


오늘 당신 영전에
무릎 꿇고 허리 굽혀 드릴 것은
마음속 두 손에 담은 눈물뿐이오나
영혼 가운데 가장 아름다운 영혼이시여!
당신이 이루신 놀라운 일들
저희는 입을 모아 찬양하나이다.


천사들아, 찬양하여라.

하늘과 땅아,
바다와 강들아,
그 안에 사는 모든 것들아,
너희도 찬양하여라.
영원히 찬송하고 찬양하여라.

당신의 온화한 웃음 때문에
저희는 따라 웃기만 하다가
웃음 뒤에 숨겨놓은 불면의 30년,
당신의 그 속마음 헤아리지 못하였어도
올곧은 샘이시여!
이 땅에 퍼뜨린 당신의 바보웃음의 향기
하늘에도 퍼져라 퍼져라 퍼져라.

# 엘 그레코의 「베드로의 눈물」을 보고

손목에 천국의 열쇠를 걸어놓고
하늘을 우러르는 네 눈을 볼 때마다
일생을 통회하는 네 눈을 볼 때마다
눈물 그렁그렁한 네 눈을 볼 때마다
너무 울어 텅 빈 네 눈을 볼 때마다
나는 비로소 나를 본다.

## 짧은 생각

가난한 사람들은
지옥이 없다고 믿는다.
지옥이 어디 있느냐고
지옥은 생각할 겨를도 없다고
지옥이 있다면
먹고살기 위해서
새벽과 함께 별을 바라보는
내가 지옥이라고.

부유한 사람들은
지옥은 저승에 있다고
끼리끼리 모여 우긴다.
이 세상은 소풍 나온 곳
여기보다 더 아름다운 곳 어디 있냐고
먹고 마시며
밤낮없이 즐긴다.

모여서는 큰 소리로

아멘,

아멘,

아멘으로 돈을 만들고

명예와 권력을 만든다.


정녕 지옥이 있다면 그들이 지옥이다.

# 사랑의 뿌리

오른 뺨을 때리면 왼 뺨도 돌려 대며
때리니 속이 시원하냐고
도리어 위로까지 하고

십자가에 매달아 사지를 못 박고
조롱하며 침을 뱉어도
저들은 저들이 하는 짓을 모른다고
그러니 용서해주십사고
하늘을 향해 간청하시는 분

내가 때로 잘못을 저지르고 나서
허공을 향해 날밤을 새우면
일어나 비추어라 타이르시는 분

어디서 와서 어디로 가는지 몰라도
세상에 머무르는 바람처럼
언제나 어디에나 계시는 님이여
내 마음속 깊이 심어주소서
사랑의 뿌리 하나

# '존재'의 시를 위하여

### 장 경 렬


## 1


아주 작은 라일락꽃에서 큼직한 호박꽃까지 눈에 띄는 꽃이라면 어떤 것이든 한 송이 따서 면도칼로 절개한 다음 돋보기의 도움을 받아 꽃의 단면도를 그리고 각 부분의 명칭을 기록하던 시절이 있었다. 공책 한 권이 그림들과 명칭들로 꽉 찰 때까지 그런 작업을 했던 것은 초등학교 3학년 시절이었다. 이른바 '자연 관찰'에 몰두하던 그 당시, 나의 관찰 대상은 꽃에만 머물지 않았다. 눈에 띄는 것이라면 무엇이든, 심지어 수족관을 옆으로 비껴 섰을 때 언뜻 보이던 무지개의 모양과 그 무지개의 색채 하나하나를 표시하고 기록하기도 했다. 사실 학교 현관 한가운데 있던 수족관에서 무지개를 보고 나는 뭔가 대단한 것을 발견

한 양 온통 요란을 떨었다. 담임 선생님께 달려가 수족관에서 무지개를 보았다고 자랑을 하고는, 내가 관찰한 내용을 선생님께 보여드리기도 했다. 라일락꽃처럼 아주 작은 꽃에도 암술이며 수술이며 씨방이며 없는 것이 없다는 사실이 신기했던 것처럼, 수족관 저편에도 하늘에 떠 있는 것과 같은 무지개가 있다는 사실이 너무도 신기했던 것이다.

그렇게 해서 세계를 조금씩 알아갔지만, 세계를 아는 방법이 그것이 전부는 아님을 어느 날 나는 알게 되었다. 그 무렵 담임 선생님께서는 우리들에게 동시를 한 편씩 써 오라는 숙제를 내신 적이 있었다. 그런데 나에게는 '자연 관찰'과 달리 '동시 짓기'가 너무도 어렵고 불편한 숙제였다. 어찌해야 동시를 쓸 수 있는가 고민하고 있는데, 밖에서 놀던 동생이 비가 오자 집으로 뛰어들어왔다. 그런 동생의 까만 머리에 '은구슬'이 한 움큼 맺혀 있는 것이 아닌가. 은구슬처럼 영롱해 보이던 빗방울에 대한 이 같은 관찰 기록을 나는 '동시'라는 이름으로 제출했었는데, 선생님께서 환하게 웃으시며 무척 칭찬해주셨던 것이 아직도 기억에 생생하다. 사실 무지개 관찰 기록을 선생님께 보여드렸을 때 선생님은 빗방울 관찰 기록을 보셨을 때만큼 환하게 웃지는 않으셨다. 나의 판단으로는 무지개 관찰이 빗방울 관찰보다 더욱 놀랍고 자랑스러운 것이었는데도 말이다.

나이가 들어 영국의 시인이자 비평가인 새뮤얼 테일러 코울리지Samuel Taylor Coleridge의 상상력 이론을 공부하며 나는 어린 시절 선생님의 환한 웃음을 어렴풋이 이해할 수 있게 되었다. 코울리지는 상상력에 대한 탐구 과정에 고대 그리스의 철학자인 플로티노스Plotinus의 다음과 같은 충고를 인용한 적이 있는데, 여기에서 우리는 무엇보다도 세계 이해의 두 방법 가운데 플로티노스가 옹호한 것이 어떤 것인지를 알 수 있다.

누군가가 자연에게 어떻게 움직이는가를 물었을 때, 자비롭게도 자연이 이 물음에 대답해온다면 그 답변은 다음과 같을 것이다. 질문으로 나를 괴롭히지 말지어다. 심지어 내 자신이 침묵 속에 있으면서 말없이 움직이고 있듯이 다만 침묵 속에서 이해할지어다.... 마치 물리적 장소와 움직임에 얽매여 있는 하나의 사물인 양 자연이 어디에서 온 것인가 묻는 것은 타당치 않다. 자연이란 이곳으로 다가오는 것도 아니며, 또한 여기에서 다른 어떤 곳으로 멀어져 가는 것도 아니다. 다만 자연은 우리에게 보이거나 또는 보이지 않을 따름이다. 따라서 자연의 비밀스러운 근원을 탐지할 목적으로 자연을 뒤좇아가서는 안 된다. 다만 자연이 갑자기 우리에게 그 빛을 환하게 비춰줄 때까지 조용히 기다릴지어다. 우리의 시선이 떠오르는 태양을 참을성 있게 기다리는 동안, 마치 우리가 축복된 광경을 맞이하기 위해 마음

의 준비를 하듯. (『문학 전기』 제1권 제12장)

플로티노스에 의하면, "자연"은 우리에게 다가오는 것
도 아니고 멀어져 가는 것도 아니기 때문에, "자연의 비
밀스러운 근원을 탐지할 목적으로 자연을 뒤쫓아가"는 것
은 바람직한 세계 이해의 방법이 아니다. '탐구 대상'으로
서의 자연과 '탐구자'로서의 인간 사이의 거리를 전제로
하는 이른바 '과학적' 세계 이해 방법에 대한 대안으로 플
로티노스가 제시하는 것은 무엇인가. 그것은 "자연이 갑
자기 우리에게 그 빛을 환하게 비춰줄 때까지 조용히 기
다"리는 것이다. 이때의 기다림은 "자연"과 "우리" 사이의
거리가 무화(無化)되는 극적인 순간에 대한 기다림으로
이해될 수 있거니와, 이 극적인 순간에 이를 때 우리는 비
로소 "축복된 광경"을 맞이할 수 있다는 것이다. 이것이
플로티노스에 기대어 코울리지가 제시하고자 했던 상상력
을 통한 세계 이해의 차원이다.

부디 오해하지 말기 바라는데, 이처럼 거창한 이름들과
이론을 들먹이는 것은 나의 빗방울 관찰이 상상력의 산물
이라는 투의 황당한 주장을 하기 위함이 아니다. 그럼에
도 불구하고, 이 자리에서 나의 어린 시절을 이야기함은
세상에 대한 우리의 이해는 "물리적 장소와 움직임에 얽
매여 있는 하나의 사물"로 여김으로써 얻어지는 이른바
'과학적인 것'도 있지만, 그렇지 않은 방식으로 얻어지는

것도 있음을 말하기 위함일 뿐이다. 그리고 과학과 관계 없는 세계 이해의 방법이 과학적 세계 이해의 방법보다 더 소중한 것일 수 있음을 어린 시절 교육받았음을 말하기 위함일 뿐이다.

사실 내가 초등학교 3학년 시절에 만났던 담임 선생님과 같은 분은 요즈음 세상에 흔치 않은 예외적 존재다. 우리는 초등학교 시절부터 세계를 구성하는 온갖 것을 "물리적 장소와 움직임에 얽매여 있는 하나의 사물"로 관찰하도록 훈련을 받아왔고, 또 그런 관찰을 통해 얻는 세계 이해가 유일하고도 올바른 것이라는 식의 세뇌 교육을 받아왔다. 그리하여 어느 사이에 우리는 세상을 둘로 나눠 보는 데 익숙해져 있다. 즉, 관찰을 하는 주체로서의 '나'와 관찰을 당하는 객체로서의 '대상'을 갈라놓는 세계 이해 방식에 익숙해져 있다. 그리고 이 같은 갈라놓기가 너무도 절대적인 힘을 발휘하다 보니, 그 사이의 계곡은 이제 건널 수 없을 만큼 깊어지고 말았다. 무엇보다도 '과학'과 '기술 공학'이라는 이름 아래 이 같은 갈라놓기가 진행되고 있으며, 이로 인해 "자연"과 "우리"가 '하나'가 되는 극적 순간——즉, 비과학적이지만 마찬가지로 소중한 이해의 순간——은 이제 낯선 것이 되고 말았다.

어찌 보면, 이러한 사정은 유감스럽게도 상상력의 향연이 이루어져야 할 곳인 시 세계에도 마찬가지다. 너무도 많은 시인들이 관찰자로서의 자신과 관찰 대상으로서의

세계를 갈라놓고, 세계에 대한 자신의 관찰을 시로 남긴
다. 그들의 시를 보면 그들의 시에 등장하는 세계는 오로
지 관찰의 대상일 뿐 자기 자신의 일부가 아니다. 또는 자
기 자신은 관찰자일 뿐 세계의 일부가 아니다. 그들은 마
음 놓고 세계를 관찰하고 비난하고 매도한다. 마치 자신
은 세계의 일부가 아닌 초월자라도 되는 양. 그 때문인지
몰라도 그들의 시에서는 사랑과 고뇌와 아픔이 느껴지지
않는다. 다만 세계를 저 위에서 내려다보고 있을 법한 신
들의 여유와 한가로움만이 느껴질 뿐이다. 이 같은 시는
결코 진정한 의미에서의 인간을 위한 인간에 의한 인간의
예술일 수 없다.

　물론 예외는 있다. 그리고 예외가 존재하기 때문에 우
리는 여전히 시를 읽고 시의 세계를 탐구한다. 예외라니?
세계와 자아가 '하나'이어야 함을 아직 믿는 시인들이 존
재한다는 뜻에서 하는 말이다. 그들은 세계와 자아가 '하
나'이어야 함을 역설하기도 하고, 현대의 '과학'과 '기술
공학'이 벌려놓은 세계와 자아 사이의 거리 때문에 괴로워
하거나 그 거리를 좁히려 애쓰기도 한다. 또는 적어도 그
들의 시 세계를 통해 이 같은 '하나 됨'의 경지가 어떤 것
인지를 생생하게 보여주기도 한다. 나의 판단으로는 김형
영 시인이 바로 그와 같은 시인 가운데 한 사람이다. 최소
한 김형영 시인의 『나무 안에서』에서 우리는, 세계와 자
아 사이의 거리를 무화하는 것이 아직 가능함을 보여주는

시인 또는 세계와 자아 사이의 거리를 무화함으로써 얻은 시적 예지가 무엇인지를 보여주는 시인과 만날 수 있다.

정녕코 우리의 시대는 이미 깊은 어둠에 휩싸여 있다. 우리는 이제 건너기 쉽지 않은 깊은 계곡 속에, 빛이 닿기에는 너무도 깊이 팬 계곡 속에 파묻혀 있기 때문이다. 이 어둠을 헤치고 계곡 위로 올라가 심연의 양안을 연결하는 다리를 놓기 위해 우리에게는 빛이 필요하다. 그런 우리에게 김형영 시인의 『나무 안에서』에서 흘러나오는 빛은 더할 수 없이 소중한 것일 수 있다.


2


모두 50여 편의 작품 가운데 우리가 무엇보다도 먼저 주목하고자 하는 것은 이번 시집에 제목을 제공한 시이기도 한 「나무 안에서」다. 이 시를 통해 우리는 시적 자아로서의 '나'와 시적 대상으로서의 '나무'가 만나 하나가 되는 순간을 확인할 수 있는데, 어떤 관점에서 보면 이 시는 대상을 "물리적 장소와 움직임에 얽매여 있는 하나의 사물"로 파악하는 우리의 습관적인 세계 이해 방법 너머에 존재하는 또 하나의 세계 이해 방법을 선명하게 암시하는 작품이라고 할 수 있다.

산에 오르다

오르다 숨이 차거든

나무에 기대어 쉬었다 가자.

하늘에 매단 구름

바람 불어 흔들리거든

나무에 안겨 쉬었다 가자.


벚나무를 안으면

마음속은 어느새 벚꽃동산,

참나무를 안으면

몸속엔 주렁주렁 도토리가 열리고,

소나무를 안으면

관솔들이 우우우 일어나

제 몸 태워 캄캄한 길 밝히니


정녕 나무는 내가 안은 게 아니라

나무가 나를 제 몸같이 안아주나니,

산에 오르다 숨이 차거든

나무에 기대어

나무와 함께

나무 안에서

나무와 하나 되어 쉬었다 가자.   ──「나무 안에서」 전문이 시에서 우리는 산에 오르는 시적 자아——또는 시인 자신——인 '나'와 만난다. 산에 오르는 사람이라면 으레 그러하듯 숨이 차게 마련이고, 숨이 차면 쉬었다 가게 마련이다. 쉬는 자세야 사람마다 다르겠지만, '나'는 "나무에 기대어 쉬었다" 간다. 아니, "나무에 기대어 쉬었다 가자"고 우리에게 제안한다. 바로 이 제안을 통해 이 시는 진술의 차원을 뛰어넘어 권유의 차원에 이른다. 권유라니? 아마도 이는 어떤 종교에서 마음의 평화를 찾은 사람이 이 마음의 평화를 자신만이 아닌 모든 사람이 함께 누리기를 바라는 마음에 비유할 수 있을 것이다. 일반적으로, 그와 같은 권유가 광적이고 편협한 믿음에서 나온 것이 아닐 때, 우리는 권유하는 사람의 선하고 따뜻한 마음을 이해할 만큼의 아량을 보이게 마련이다. 선하고 따뜻한 마음에서 우러나온 김형영 시인의 소박하지만 아름다운 권유에 누가 저항할 수 있겠는가! 이 시에서 감지할 수 있는 권유가 소박하지만 아름답게 느껴지는 것은 권유 자체가 부담이 될 만큼 크고 무거운 것이 아니기 때문일 수 있다. 마치 목마른 사람에게 던지는 '여기 와서 이 시원한 샘물을 마셔보라'는 권유의 말과도 같이, 시인의 권유는 작고 부담이 가지 않는 것이기에 그만큼 소박하고, 소박한 만큼 아름답다.

말할 것도 없이, 우리 가운데 누구라도 목마른 사람에게 샘물을 권하거나 산에 오르다 숨이 찬 사람에게 나무에 기대어 쉬었다 갈 것을 권할 수 있다. 하지만 그렇다고 해서 그와 같은 우리의 권유가 시인 김형영의 권유와 같은 호소력을 지닐 수는 없다. 김형영 시인의 권유가 각별한 호소력을 지닌다면, 그 이유는 무엇일까. 무엇보다도 그의 권유는 시적 형상화라는 인고(忍苦)의 작업을 거친 것이기 때문이다. 물론 시의 형상화 그 자체가 호소력을 보장하는 것은 아니다. 시의 형상화를 거치되 성공적인 시적 형상화를 거쳤을 때, 시인의 권유는 비로소 호소력을 확보하는 법이다. 하지만 성공적인 시적 형상화라니? 이 지점에 이르러, 우리에게는 「나무 안에서」가 구체적으로 무엇 때문에 성공적인 시적 형상화를 거친 시라고 할 수 있는가에 대한 대답이 요구된다.

스쳐 지나가듯 「나무 안에서」에 눈길을 주는 경우, 이 시는 어떠한 시적 형상화도 의식하지 않은 채 쉽게 씌어진 시로 읽힐 수 있다. '산에 오르다 숨이 차면 나무에 기대어 쉬었다 가자'라는 내용의 권유 이외의 것이 쉽게 잡히지 않을 수도 있기 때문이다. 하지만 이 시는 결코 단순한 권유의 시가 아니다. 이와 관련하여, 각 연마다 쉬었다 가는 사람 또는 '나'와 나무 사이의 관계가 새롭게 정립되고 있음에 유의하기 바란다.

먼저 첫째 연의 '나'와 나무는 좁히거나 넓힐 수 있는 물리적 거리를 사이에 둔 개별적 '실체substance'다. 어찌 보면, '기댐'의 행위 및 '안음'의 행위 자체는 양자가 서로 떨어져 있는 개별적 실체이기 때문에 가능한 것일 수 있다. 이윽고 둘째 연에 이르러 물리적 거리가 무의미한 것이 되고 있는데, '안는' 행위를 통해 '나'와 나무 사이의 교감이 이루어지기 시작하기 때문이다. 어떤 의미에서 보면, 둘째 연 자체는 교감의 과정을 거쳐 물리적 거리가 무화되고 어느 순간 나무가 '나'의 마음 안으로 들어와 있는 정경을 묘사한 것이라 할 수 있다. 아니, '내'가 곧 나무가 되어 있는 정경을 묘사한 것일 수 있다. 시인은 이 같은 교감의 정경을 "벚나무"와 "참나무"와 "소나무"를 예로 들어 보이고 있다. 하지만 만일 이 시가 여기에서 끝났다면 '나'와 나무 사이의 하나 됨은 완전한 것일 수 없다. '내 마음 안에 대상이 들어와 나는 대상이 존재하듯 존재한다'는 식의 세계 이해는 결코 진정한 의미에서의 주체와 객체의 합일이라고 할 수 없기 때문이다. 다시 말해, '내'가 나무를 수용함으로써 가능케 된 교감은 '나'의 입장에서 일방적으로 주도한 것이기 때문에 이것만으로는 진정한 의미에서의 하나 됨이라고 할 수 없다. 어떤 의미에서 보면, 이 같은 일방적인 세계 이해의 저변에 깔려 있는 것은 아무리 지우려 해도 지워지지 않는 '자아'일 것이다. 요컨대, 도저한 '자기 중심주의'가 문제된다.

따지고 보면, 교감의 순간을 이야기하지만 그와 같은 교감이 자기를 중심에 내세운 일방적인 것임을 확인케 하는 예는 우리 주변의 시에서 얼마든지 확인할 수 있다. 하지만 「나무 안에서」는 그런 종류의 시가 아니다. 이 시가 예외인 것은 교감의 쌍방향성을 의식하는 시인의 마음이 담긴 셋째 연이 있기 때문이다. "정녕 나무는 내가 안은 게 아니라/ 나무가 나를 제 몸같이 안아주"고 있다는 깨달음은 실로 예사로운 것이 아니다. 정녕코, '내'가 나무를 안고 있는 것이 아니라 나무가 '나'를 안고 있음을 깨닫는 마음은 도저한 자기 중심주의를 뛰어넘은 사람에게만 가능한 것이다. 이제 나무가 나의 마음 안에 들어와서 '내'가 곧 나무가 되었다는 일방적인 깨달음에서 시인은 벗어난다. 그리고 마침내 '내'가 나무의 마음 안에 들어가서 나무가 곧 '내'가 된다는 깨달음에 이른다. 바로 이 순간에 진정한 의미에서의 주체와 객체의 합일이 이루어지는 것이리라. 이 같은 깨달음이 있기에 시인은 이렇게 말할 수 있는 것이 아니겠는가. "나무에 기대어/ 나무와 함께/ 나무 안에서/ 나무와 하나 되어 쉬었다 가자"고.

　나무가 '내' 안에 존재하는 동시에 '내'가 나무 안에 존재함에 대한 깨달음의 순간은 코울리지가 말하는 "최상의 고귀한 직관적 인식"(『문학 전기』 제1권 제12장)의 순간이라고 할 수 있다. 코울리지는 상상력이란 주체와 객체의 완전한 합일을 가능케 하는 능력이라고 말하기도 했는데, 바로 이 같은 상상력의 활동을 우리는 「나무 안에서」라는 시에서 확인할 수 있다. 플로티노스의 표현을 빌리자면, "우리의 시선이 떠오르는 태양을 참을성 있게 기다리는"

가운데 맞이하게 된 "축복된 광경"을 우리는 이 시에서 확인할 수 있는 것이다. 어떤 의미에서 보면, '우리'와 '태양'이 하나가 되는 극적 순간에 대한 추구는 불교의 선(禪)이 목표하는 바이기도 하다. 무엇보다도 선이란 자아의 모든 것을 버리고 심지어 선을 통해 무언가를 깨닫고자 하는 의지마저 버리는 가운데 획득되는 무아의 경지──즉, 주체와 객체가 따로 존재하지 않은 경지──에 이르기 위한 것임에 유의해야 할 것이다. 어떤 의미에서 보면, 나무가 '내' 안에 있고 '내'가 나무 안에 있음에 대한 시인의 깨달음은 바로 이 무아의 경지에 시인이 도달해 있음을 암시하는 것일 수 있다.

실로 이 시의 어디에서도 우리는 욕망의 주체로서의 시인을 찾아볼 수 없다. 『오르페우스에의 소네트』에서 라이너 마리아 릴케Rainer Maria Rilke가 사용한 표현을 빌려 말하자면, 이런 의미에서 이 시는 "욕망"의 시가 아니라 "존재"의 시다. 「나무 안에서」가 쉽게 읽히는 시인 동시에 쉽게 이해가 되고 또 쉽게 공감이 가는 까닭은 이 시에는 '내'가 존재하는 동시에 존재하지 않기 때문일 것이다. 아니, '내'가 쉽게 나무가 되고 나무가 쉽게 '내'가 되고 있음을 직관적으로 깨닫고 있는 시인의 마음이 있기 때문에, 이 시가 더할 수 없이 강한 호소력을 지닌 존재의 시가 되고 있는 것은 아닐까. 릴케는 욕망이란 곧 소진되는 것임을 말하면서 욕망의 시를 잊을 것을 충고하기도 했는데,

이처럼 욕망을 뛰어넘는 존재의 시이기에 우리는 이 시의 호소력이 결코 소진되지 않으리라고 믿는다.

한편, 시각을 넓혀 보면, '산을 오르다가 숨이 차면 나무에 기대어, 나무가 되어, 나무 안에서 쉬었다 가자'는 메시지는 의미의 표층만을 드러내 보이는 것일 수 있다. 이 같은 판단이 가능함은 우리의 삶 자체가 어떤 의미에서 보면 '산 오르기'에 비유될 수 있기 때문이다. 살다 보면 산다는 것 자체가 너무도 어려워 숨이 찰 때가 있지 않은가. 우리는 누군가와 싸워 마음이 상하기도 하고, 하는 일이 뜻대로 되지 않아 괴로워하기도 하며, 사랑하는 사람이 이 세상을 떠남에 비탄에 잠기기도 하고, 육신이나 마음에 병이 들어 아파하기도 한다. 바로 그런 순간 기대어 쉴 수 있는 나무가 우리에게 있다면 얼마나 좋겠는가. 그런데 무엇이 그와 같은 나무의 역할을 해줄 것인가. 어떤 이들에게는 신 또는 절대자가 기대어 쉴 수 있는 나무이기도 하고, 또 어떤 이들에게는 주변의 사랑하는 사람들이 기대어 쉴 수 있는 나무이기도 하리라. 그리고 시인에게는 다름 아닌 시 자체가 기대어 쉴 수 있는 나무일 것이다. 아마도 독실한 천주교 신자인 김형영 시인에게 기대어 쉴 수 있는 나무는 시뿐만 아니라 하느님일 수도 있다. 어디 그뿐이랴. 소박하지만 아름다운 시를 쓸 수 있는 선한 마음의 이 시인에게는 그가 사랑하고 또 그를 사랑하는 지인들 역시 기대어 쉴 수 있는 나무들일 수 있다. 하지만 기대어 쉴 수 있는 나무를 어느 하나로 지목하지 않는 것—아마도 그것이 바로 시인 김형영이 자신에게 그리고 우리 모두에게 원하는 바일지도 모르겠다.

자아와 대상이 물리적 경계를 뛰어넘어 하나가 되는 경지—「마음이 흔들릴 때」에 나오는 시인의 표현을 빌리자면, "네가 내 안에 머물고/ 내가 네 안에 머무"는 경지—에 이르는 경우, '나'는 나무가 될 수 있고 나무는 '내'가 될 수도 있을 뿐만 아니라, '나'는 세상의 모든 것이 될 수 있고 세상의 모든 것은 '내'가 될 수 있다. 아마도 「꽃을 찾아서」라는 시에서 "나비도 꽃"이고, "별들도 꽃"일 뿐만 아니라, "산들바람도 꽃"이고, "나도 꽃"이 됨을 노래할 때 시인이 보여주고자 하는 것은 바로 이 같은 경지가 아닐까. 아무튼, 자아와 대상의 하나 됨 또는 자아와 대상 사이의 초월적 교감을 시적 주제로 삼고 있는 김형영 시인의 작품 가운데 「나무 안에서」와는 성격이 다르지만 여전히 동일한 종류의 깨달음을 노래한 또 한 편의 아름다운 시를 주목하고자 한다면, 아마도 「시골 사람들은」이 하나의 예가 될 수 있을 것이다.

시골 사람들은
고개를 들어 자주 하늘을 봅니다.
일을 하다가도
길을 가다가도

술을 마시다가도

비를 품은 구름이 어떤 구름인지
아지랑이는 왜 춤을 추는지
바람은 어디서 불어와서
또 어디로 가는지
시골 사람들은 압니다.

어느새 어둠이 골목을 빠져나가
하늘에다 포장을 치면
별들은 신이 나서 깜박입니다.
그 깜박이는 것을 보고
'내일은 날이 좋겠다'
'모래는 서풍이 불겠다'
점도 칩니다.

하늘과 별과
풀과 나무와 새,
물고기와 시냇물은
한몸의 지체같이 서로 사랑하기에
만물이 숨 쉬는 것을
시골 사람들은 다 압니다.

개나 소도 그걸 압니다.　　　―「시골 사람들은」 전문

　"시골 사람들"의 삶에 대한 관찰 기록에 해당하는 이 시에서 시적 자아는 다만 관찰자로서 존재한다. 다시 말해, 「나무 안에서」의 경우와 달리 이 시에서 시적 자아는 자아와 대상의 하나 됨 또는 자아와 대상 사이의 교감을 경험하는 당사자가 아니다. 다만 주변의 "만물"과 교감하는 가운데 삶을 살아가는 "시골 사람들"에 관한 이야기를 전하는 전달자일 뿐이다. 하지만 여기에서 우리가 유의해야 할 점은 시인이 전하는 바의 시골 사람들 특유의 삶의 모습이 누구의 눈에나 다 의식되거나 보이지는 않는다는 사실이다. 어찌 보면, '내'가 나무가 되고 나무가 '내'가 되는 초월의 경지를 체험하지 않은 사람에게는 결코 시적 형상화의 가치가 있는 것으로 보이지 않을 그 무엇을 김형영 시인은 보고 느끼고 포착하고 있는 것이다.
　이 시는 모두 다섯 연으로 이루어져 있는데, 첫째 연에서 넷째 연까지 각각의 연은 이 시의 제목인 "시골 사람들은"이라는 주어에 대한 술어의 역할을 한다. 즉, 각각의 연은 '시골 사람들은 봅니다,' '시골 사람들은 압니다,' '시골 사람들은 점도 칩니다,' '시골 사람들은 다 압니다'로 요약될 수 있는데, 그 내용은 하나같이 자연과 교감을 하며 삶을 살아가는 시골 사람들에 대한 이야기를 담고 있다. 먼저 첫째 연은 "봅니다"라는 동사를 통해 항상 자연

의 있음을 의식하는 그들을, 둘째 연은 "압니다"라는 동사
를 통해 자연의 말을 이해하는 그들을, 셋째 연은 "점도
칩니다"라는 동사구를 통해 자연의 뜻을 예견하는 그들을
보여준다. 한편, 첫째, 둘째, 셋째 연이 시골 사람들의 삶
의 모습을 구체적으로 보여주고 있다면, 넷째 연은 일종
의 종합적 이해에 해당하는 것으로, 여기에서 시인은 첫
세 연에서 보인 시골 사람들의 삶을 가능케 하는 것이 무
엇인지를 가늠해보고 있다. 시인의 이해에 따르면, "만
물"——그러니까 "하늘과 별과/ 풀과 나무와 새,/ 물고기
와 시냇물"——은 서로 유기적으로 연결되어 있다. 즉,
"한몸의 지체"와도 같고, 그렇기 때문에 "서로 사랑"하지
않을 수 없다. "서로 사랑"하는 유기체라는 말은 자연의
만물이 하나 되어 "숨 쉬는" 생명체로 존재함을 뜻한다.
이처럼 살아 숨 쉬는 생명체이기에, 시골 사람들은 자연
의 어느 한 부분을 보고 자연이라는 하나의 거대한 생명체
의 말을 알아들을 수 있고 또 그의 뜻을 예견할 수 있는
것이다.

문제는 자연과 시골 사람들의 관계란 어떤 것인가에 있
다. 보고 알고 점도 친다는 것은 자연이 시골 사람들이라
는 주체에 대해 항상 객체로 존재한다는 암시로 읽힐 수
있기 때문이다. 바로 이 때문에 우리는 다섯째 연에 주목
하지 않을 수 없다. "개나 소도 그걸 다 압니다"라는 말이
뜻하는 바는 무엇인가. 먼저 우리는 이 다섯째 연을 '도시

사람들에게야 그렇지 않을지 몰라도 시골 사람들이라면 누구나 너무도 환하게 다 알고 있다'라는 강한 강조의 의미를 담고 있는 것으로 읽을 수 있다. 이는 또한 시골 사람들은 "개나 소"와 앎의 영역을 공유하고 있음을 뜻하는 말로 읽을 수도 있음에 유의해야 할 것이다. 즉, 인간과 짐승이 앎을 공유한 채 함께 살아가고 있음을 암시하는 것으로 읽을 수 있다. 만일 누군가가 이 같은 암시에 기대어 "시골 사람들"을 "개나 소"와 다를 바 없는 열등한 존재로 이해하고자 한다면, 그는 지극히 편협한 인간 중심주의 또는 인간 우월주의의 시각을 벗어나지 못한 사람이라고 해야 할 것이다. "인간은 수백만의 아름답고도 끔찍하며 매혹적인 동시에 의미 있는 형상들 가운데 단지 하나일 뿐"(「자연과 침묵」)이라는 크리스토퍼 메인즈Christopher Manes의 생태학적 관점에서 보면, "시골 사람들"과 "개나 소" 사이의 경계를 무너뜨림은 인간 중심주의 또는 인간 우월주의를 뛰어넘는 새롭고도 겸손한 시각—그러니까 주체로서의 인간과 객체로서의 자연을 나눠 놓는 과학적 세계관을 옹호하는 사람들이라면 도저히 용인할 수 없는 시각—에서 비롯된 것일 수 있다. 이처럼 인간 중심주의 또는 인간 우월주의를 뛰어넘어, 인간이란 개나 소와 마찬가지로 "수백만의 아름답고도 끔찍하며 매혹적인 동시에 의미 있는 형상들 가운데 단지 하나일 뿐"이라는 시각에서 볼 때, 어찌 인간을 "하늘과 별과/ 풀과 나무와 새,/ 물고기와 시냇물"과 분리되어 따로 존재하는 별개의 것으로 볼 수 있겠는가.

요컨대, 시인의 눈으로 보면, 시골 사람들은 개나 소와 어우러져 겸손한 삶을 살아가는 존재들이다. 그리고 개나 소와 자신들과의 경계를 두지 않는데 어떻게 "하늘과 별과/ 풀과 나무와 새,/ 물고기와 시냇물"과도 따로 경계를 두고 삶을 살 수 있겠는가. 다섯째 연의 압력으로 인해 우리에게는 인간이 개나 소를 포함한 만물과 교감하며 함께 어우러져 삶을 살아가는 곳이 바로 시골이라는 시 읽기가 가능해진다. 문제는 시인의 눈을 떠나 시골 사람들 자신의 눈에 자기네들의 삶이 어떻게 비치는가에 있다. 사실 이에 대해 시인은 별도의 언급을 하고 있지 않고, 할 수도 없다. 시골 사람들은 자기네들의 삶이 어떤 것인지를 의식조차 하고 있지 않을 것이기 때문이다. 따지고 보면, 그들 스스로 만물과 교감하는 가운데 삶을 살아가고 있음을 의식한다면, 그들은 이미 교감의 삶을 살아가는 존재가 아닐 것이다. '나는 만물과 교감하며 만물의 하나로 살아간다'라고 의식하는 순간, 그는 이미 자신의 삶을 객체화함으로써 교감의 삶 자체에서 벗어나 '객관적 지식'——과학이 그처럼 목말라하는 '객관적 지식'——을 획득한 존재가 될 것이기 때문이다. 진정, 깨달음을 깨달음이라고 의식하는 순간 그것은 객체화되어 이미 깨달음이 아닌 '객관적 지식'이다. 진정한 깨달음은 깨달음으로 의식하지 않는 마음 한가운데 존재하는 것이다. 어찌 보면, 우리가 김형영 시인의 「시골 사람들은」에서 확인하는 것은 그처럼 깨달음을 의식하지 않은 채 깨달음의 삶을 살아가는 사람들의 모습이다. 앞서 살펴본 「나무 안에서」가 소중한 깨달음의 시임은 김형영 시인이 깨달음을 전혀 의식하지 않은 채 깨달음의 순간을 시를 통해 보여주기 때문일 것이다.

주체와 객체를 나누는 이분법적 시각을 지배하는 것은 말할 것도 없이 주체의 우월성에 대한 확고한 믿음이다. 바로 이 같은 믿음이 주체는 객체를 마음대로 재단하거나 착취하고 필요에 따라 살리거나 죽일 수 있다는 논리를 합법화해왔고 또 이를 실천해왔다. 어찌 보면, 서양의 제국주의에서 시작하여 오늘날의 기술 문명에 이르기까지, 현대 역사의 구석구석을 채우고 있는 것이 객체를 향한 주체의 이 같은 횡포다. 이제 시대가 바뀌어 주체의 횡포에 대한 자각과 반성은 오늘날 다양한 학문 및 문화 영역의 중요한 과제가 되고 있는 것도 사실이다. 특히 생태학 영역의 경우, 앞서 인용한 메인즈의 진술에서 확인할 수 있듯, 인간은 이른바 '자연의 주인'이라는 오랜 믿음에 대한 반성이 활발하게 이루어지고 있다. 정녕코 "인간은 수백만의 아름답고도 끔찍하며 매혹적인 동시에 의미 있는 형상들 가운데 단지 하나일 뿐"이라면, 세상의 모든 것들이 인간만큼이나 소중한 것임을 인간은 깨달아야 한다. 마치

이 같은 깨달음으로 우리를 유도하기라도 하듯, 김형영 시인은 이 세상에 존재하는 작디작은 '형상들'에 따뜻한 눈길을 준다. 그는 한 장의 꽃잎(「생명의 노래」)에게, 한 그루의 나무(「늘푸른 소나무」「우리는 떠돌아도」)나 나무들(「나무들」)에게, 한 마리의 나비(「나비」)나 여치(「여치」)에게, 한 송이의 꽃(「나팔꽃」「누가 뿌렸나」「양귀비꽃」)에게 따뜻한 눈길을 주는 동시에 말을 건네기도 하고 보듬어 안기도 한다. 이처럼 작디작은 형상들에게 보내는 시인의 따뜻하고 선한 마음이 특히 생생하게 느껴지는 시가 있다면 「나무들」일 것이다.

바위틈에 비집고 서 있는 나무
가시밭에 웅크린 나무
기름진 땅에 우뚝 솟은 나무
길가에 버티고 선 나무는
제 뜻대로 자란 건 아니지만
땅속에 뿌리박고 속삭일 때면
그 속삭이는 소리에 취해
나무들을 하나씩 껴안아본다.
쓰다듬고 다독여준다.
올해도 안녕하자고.
너도, 너도, 너도, 모두 다 건강하자고.

　　　　　　　　　　　　　　　　—「나무들」 부분

나무들이 저마다 "땅속에 뿌리박고 속삭일 때면/ 그 속삭이는 소리에 취해/ 나무들을 하나씩 껴안아"보기도 하고 "쓰다듬고 다독여"주기도 하는 시인의 모습이, 또한 "올해도 안녕하자고,/ 너도, 너도, 너도, 모두 다 건강하자고" 말을 건네는 시인의 모습이, 마치 "바위틈에 비집고 서 있는 나무/ 가시밭에 웅크린 나무/ 기름진 땅에 우뚝 솟은 나무/ 길가에 버티고 선 나무"가 그러하듯, 생생하게 우리 마음에 그려지지 않는가! 이 시를 따라 읽다 보면, 아마도 적잖은 사람들이 그들 마음의 눈에 따뜻하고 선한 마음으로 세상의 작디작은 형상들과 마주하는 시인의 모습이 환하게 그려짐을 느끼지 않을 수 없을 것이다.

이런 종류의 시 가운데 또 한 편 각별히 주목해야 할 작품이 있다면, 이는 아마도 「누가 뿌렸나」일 것이다. 이 시에서는 대상이 수동적으로 존재하는 것이 아니라 능동적으로 자신의 의미를 내세우는 존재로 묘사되고 있거니와, 무엇보다도 "지나가던 사람 한 번 더 돌아보게 하고/ 무정한 사람 그 눈길도 붙잡으니"라는 구절에서 이를 확인할 수 있다. 이는 주체에 대하여 객체는 항상 수동적인 것으로 보는 기존의 이분법적 세계 이해의 시각을 정면으로 뒤집는 것으로, 바로 이 때문에 이 시에서 확인되는 꽃에 대한 시인의 시각은 결코 예사로운 것이 아니다. 우선 이 시를 함께 읽기로 하자.

누가 뿌렸나
여기 후미진 길모퉁이에
꽃 한 송이,
저 혼자 방긋만 해도
무슨 말을 하는지
벌 나비 알아듣고
꽃 소문 퍼뜨리느라 종일 바쁘네.

꽃은 세상에 제일가는 알부자,
바람도 제 것
향기도 제 것
벌도 제 것
저를 바라보는 나도 제 것

저는 물론 제 것이지만
지나가던 사람 한 번 더 돌아보게 하고
무정한 사람 그 눈길도 붙잡으니
꽃아, 어디 한번 물어보자.
여기 이 후미진 길모퉁이에
너를 뿌린 이 누구이신가.          —「누가 뿌렸나」 전문

"후미진 길모퉁이"의 "꽃 한 송이"가 "저 혼자 방긋만

해도/ 무슨 말을 하는지/ 벌 나비 알아듣고/ 꽃 소문 퍼뜨리느라 종일 바쁘"다니! 아마도 어린아이의 순결한 마음을 소유하지 않은 사람이라면, 그가 아무리 시인이라고 해도 이처럼 아름답고 생생한 언어적 그림을 그릴 수는 없을 것이다. 둘째 연에도 역시 사람들의 마음을 사로잡는 매력적인 시적 진술이 담겨 있거니와, "저를 바라보는 나도 제 것"이 바로 그것이다. 정녕코 '꽃을 바라보는 나도 꽃의 것'이라는 시적 진술에 담긴 너그럽고도 따뜻한 마음은 시인이라고 해서 누구에게나 허락되는 것은 아니다. 하기야 '바람도 향기도 벌도 꽃의 것'이라는 시적 진술은 어느 시인에게나 가능할 수 있다. 하지만 '나도 꽃의 것'이라는 진술은 "정녕 나무는 내가 안은 게 아니라/ 나무가 나를 제 몸같이 안아주나니"와 같은 시적 진술을 가능케 하는 시적 상상력을 지닌 시인에게만 가능한 것이리라.

셋째 연에서 시인은 꽃에게 묻는다. "너를 뿌린 이 누구이신가"라고. 이 물음은 첫째 연의 "누가 뿌렸나"라는 물음과 구별할 필요가 있는데, 첫째 연의 물음이 일종의 자문(自問)일 수 있다면, 셋째 연의 물음은 꽃을 향한 것이라는 점에서 그러하다. 과연 이 같은 변화가 의미하는 바는 무엇일까. 어떤 의미에서 보면, 첫째 연의 물음은 '아니, 어떻게 이런 곳에 꽃이 피어 있을까'라는 놀라움의 표시일 수 있다. 말하자면, 길을 가다가 문득 꽃 한 송이를 보고는 놀라움에 그 꽃에게 찬찬한 눈길을 주고 있는 시인의 모습을 담고 있는 것이 첫째 연일 수 있다. 즉, 첫째 연에서 꽃은 '나'의 관찰 대상이 되고 있다. 하지만 둘째 연에서 꽃은 '나'의 관찰과 관계없이 모든 것을 소유한 채 자족적self-sufficient인 실체로 존재하는 것으로 바뀐다. 다시 말해, 무게 중심은 꽃을 바라보는 '나'에게서 꽃으로 옮겨가 있음을 둘째 연은 보여준다. "저를 바라보는 나도 제 것"이라는 구절은 꽃이 중심이 되고 꽃을 바라보는 '내'가 주변이 되었음을 암시하는 것일 수 있다는 점에서 그러하다. 아니, 이렇게 말할 수도 있다. 즉, 꽃을 바라보는 '나'는 이제 주체에서 객체로 바뀌었다고 할 수 있다. 또는 꽃을 바라보는 '나'는 "바람"과 "향기"와 "벌"과 함께 꽃을 중심으로 하여 형성된 세계의 일부가 되어 있다고 할 수도 있다. 이 같은 미묘한 주객의 반전은 '나무를 안는 순간 나무에게 안김'을 깨닫는 시인의 상상력이 있기에 가능한 것일 수 있다. 아무튼, 이처럼 꽃과 '나'의 주객 관계가 역전된 가운데, 또는 꽃이 중심을 차지하고 '내'가 변두리에 놓이게 된 가운데, 앞서 말한 것처럼 꽃은 수동적 존재가 아닌 능동적으로 자신의 의미를 내세우는 존재로 바뀐다. 바로 이런 상황에서 '주변의 나'는 '중심의 꽃'에게 묻는다. "너를 뿌린 이 누구이신가"라고. 말하자면, 첫째 연의 '자문'과도 같은 물음이 셋째 연의 꽃을 향한 물음으로 바뀐 것이다. 물론 첫째 연의 물음과 셋째 연의 물음은 모두 궁극적으로 자연에 대한 경외감의 표시일 수 있지만, 이처럼 물음의 방향이 미묘하게 바뀜으로써 시인의 물음은 단순한 놀라움의 표시에서 더욱더 진지하고 깊은 경외감의 표출로 바뀌고 있다고 할 수 있다.

"너를 뿌린 이 누구이신가"라는 물음은 윌리엄 블레이크William Blake가 「호랑이」("The Tyger")라는 시에서 던진 "그 어떤 불멸의 손길이 또는 시선이/ 그대의 무서운 균형을 대담하게도 빚어낸 것인가"라는 질문을 연상케 하기도 한다. "호랑이"의 "무서운 균형"은 누구의 창조물인가를 묻는 이 물음에 대해 블레이크는 물론 답을 하지 않았지만, 우리는 그 답이 절대자 또는 신임을 안다. 김형영 시인의 물음에 대해서도 우리는 어렵지 않게 답할 수 있다. 즉, 그가 독실한 천주교 신자임을 감안할 때, 그 답은 당연히 '하느님'일 것이다. 김형영 시인은 이 시집 뒤 표지의 산문에서 "정녕 모든 생물과 무생물에는 하느님의 영이 깃들어 있다는 생각을 떨쳐버릴 수가 없다"고 말한 바 있는데, 이에 비춰 보더라도 물음에 답이 '하느님'임을 쉽게 알 수 있다. 여기에서 우리는 김형영 시인의 이번 시집에는 앞서 말한 작디작은 생명의 형상들을 소재로 한 작품들뿐만 아니라, 바람이나 이슬 또는 소나기, 석탑이나 석상 등을 시적 소재로 삼고 있는 작품들 또한 적지 않음을 주목할 수 있다. 바로 이런 작품들은 "하느님의 영이 깃들어" 있는 모든 "생물"뿐만 아니라 모든 "무생물"에 대해 시인이 보이는 진지한 관심을 반영하는 것이라 할 수 있다. 물론 그러한 관심의 저변에 놓인 것은 "하느님의 영이 깃들어" 있는 "모든 생물과 무생물"에 대한 경외감일 것이다. 이 같은 경외감이야말로 자아와 대상 사이의 벽을 허물게 하고, 나아가 자아가 곧 대상이 되고 대상이 곧 자아가 되는 깨달음의 순간으로 시인 김형영을 유도한 동인(動因)일 것이다. "너를 뿌린 이 누구이신가"라는 물음이 김형영 시인의 시 세계에서 무엇보다도 중요한 '물음'——기독교의 용어로 표현하자면, 캐터키즘catechism——이자 공안(公案)일 수 있음은 바로 이 때문이다.

3

시집 『나무 안에서』를 읽다 보면, 이 시집에서는 무엇보다도 맑고 깨끗한 시심이 느껴진다. 아울러, 소박하지만 아름다운 시어들과 시적 이미지들이 풍요롭게 확인되기도 한다. 어디 그뿐이랴. 자아를 버리고 대상에 다가가는 시인에게만 허락되는 깊이 있는 시적 상상력이 이 시집에서 감지되기도 한다. 그리고 특히 소중한 것이 있다면, 릴케가 말하는 '존재'의 시에 대해 깊이 생각게 하는 계기를 이 시집에서 만날 수 있다는 점일 것이다. 그렇다면, 이 모든 것을 아우르는 시 세계를 시인 김형영에게 가능케 한 요인이 있다면 그것은 무엇일까. 그것은 아마도 시인으로서의 오랜 연륜일 수도 있고, 오랜 세월 쌓은 삶 자체의 무게일 수도 있다. 그리고 어쩌면 시인이 소유하고 있는 천성적인 선한 마음일 수도 있고, 그의 돈독한 신앙심일 수도 있다. 하지만 이것이 전부일까. 아마도 그렇지 않은 것 같다. 우리가 이렇게 말함은 다음과 같은 시가 있기 때문이다.

> 수술 전날 밤 꿈에
> 나는 내 무덤에 가서
> 거가 나붙은 내 명패와 사진을 보고
> 한생을 한꺼번에 울고 또
> 울었다.
>
> 얼마나 울었는지
> 흘린 눈물을 담아보니
> 내 육신 자루에 가득했다.
> 살아서는 한 방울도 맺히지 않던
> 그 눈물.
>
> 그랬구나
> 그랬구나
> 이것이 나였구나.
> 좀더 일찍

죽기 전에 죽었으면 좋았을걸.　　　　　—「나」 전문

　　이 시에 담긴 시인의 슬픔과 안타까움, 시인의 부끄러움과 솔직함을 문제 삼아 긴 설명을 늘어놓지 말기로 하자. 어떤 설명도 사족이 될 것이기 때문이다. 솔직하고 생생하게 인간의 아픔을 드러내는 이 시와 관련하여, 우리는 다만 "훌륭한 예술 작품은 고통의 삶이 주는 압박 아래서만 나올 수 있다"(『토니오 크뢰거』)는 토마스 만Thomas Mann의 말을 유념하는 것으로 대신하기로 하자. 그렇다, "훌륭한 예술"을 가능케 하는 것은 바로 "고통의 삶이 주는 압박"이다. 시인 김형영의 이번 시집에 담긴 시 세계가 소박하지만 아름답고, 아름다운 동시에 더할 수 없이 깊은 호소력을 갖는 이유는 그가 "고통의 삶이 주는 압박"을 체험했기 때문이리라. "꿈"에서 "한생을 한꺼번에 울고 또/ 울" 만큼의 아픔이 있었기에, 『나무 안에서』가 담고 있는 소중한 시 세계가 가능했던 것이리라. ▨